까마귀 형사

청소년 소설

초판 1쇄 인쇄 | 2015년 05월 07일
초판 1쇄 발행 | 2015년 05월 13일

지은이 | 박경배
그린이 | 조국한
발행인 | 김범종
발행처 | 도서출판 썰물과밀물
출판등록 | 2014년 10월 24일 제319-2014-56호
주소 | 156-810 서울시 동작구 대방동9길 31
전화 | 02-885-8259
팩시밀리 | 02-3280-8260
전자우편 | ankjayal@daum.net

ⓒ 박경배, 2015

ISBN 979-11-953922-2-3 73810

• 이 책 판권은 지은이와 도서출판 썰물과밀물에 있습니다. 이 책 내용의 전부 또는 일부를 재사용하려면 반드시 양측의 동의를 받아야 합니다. • 책값은 뒤표지에 표시했습니다.

이 도서의 국립중앙도서관 출판예정도서목록(CIP)은 서지정보유통지원시스템 홈페이지(http://seoji.nl.go.kr)와 국가자료공동목록시스템(http://www.nl.go.kr/kolisnet)에서 이용하실 수 있습니다. (CIP제어번호: CIP2015009974)

청소년 소설

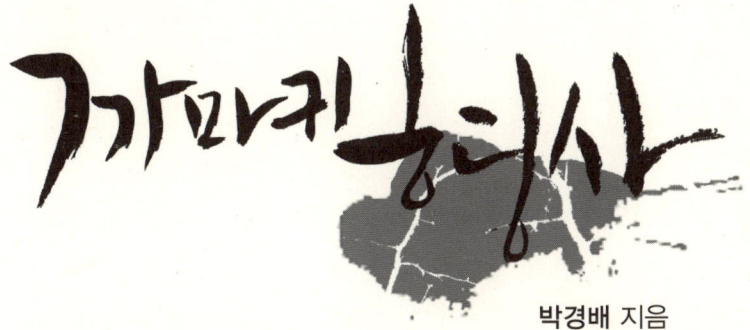

까마귀 형사

박경배 지음

KILLER

썰물과밀물

추천사
흑백 문제를 경쾌하고 속도감 있게 다룬 소설

　'…하와이의 이 작은 마을에서 우리는 둘째가라면 서러워할 정도로 행복한 가족이다. 하지만 너무나 가난하다. 센 바람만 불어도 폭삭 주저앉을 것 같은 낡은 집에 아버지, 어머니, 나, 그리고 나보다 열 살 아래인 레오, 막내 레미, 이렇게 다섯 식구가 오글오글 모여 산다. 아버지와 나는 날마다 남의 농장에서 채소와 가축을 키우고, …레오와 레미는 집안일을 도와준답시고 가끔 땔감을 주워온다….'

작가 스스로 '청소년 소설'이라고 명명한 이 작품은, 1인칭 화자인 레이 스미스에 의해 이야기가 전개된다. 어느 날 밭에서 잡초를 뽑고 있는 레이를 아버지가 부른다. "레이야, 뉴욕으로 가거라…. 농장 일은 수입이 떨어지고 있어. 이대로 가다가는 우리 집도 안전할 수 없어."

뉴욕에 도착한 레이는 예약한 단칸방에 짐을 풀고, 이튿날부터 오토바이 피자 배달, 그러다 눈에 띈 것이 사설 탐정소 '홈즈'다. 형사 반장 채플린은 왜소한 체구이나 대추방망이처럼 옹골찬 레이의 체격에 흡족해하고, 거기서 흑인 동료 리처드 헤즈먼을 만나는데, 그는 동갑내기이자 같은 고향 출생인 데다 이 소설의 제목이기도 한 '까마귀 형사'가 그의 별명이기도 하다.

리처드는 레이와 달리 우람한 덩치를 가진 데다 백인에 대해 좋지 않은 감정을 지니고 있다. 두 사람은 의기

투합, 초면에 호프집에 함께 간다. 거기서 레이는 술에 취해 잠든 사이 아버지의 환영을 만나는데, '레이야, 절대로 리처드하고 가까이 마라!' 하고 사라진다. 레이가 잠이 깼을 때 리처드는 보이지 않고, 이튿날 아침 출근하자마자 형사 반장 채플린으로부터 간밤의 살인 사건을 접하게 된다.

이 이상 이야기를 따라가는 것은 독자에 대한 지나친 친절이자, 작가에 대한 실례다. 이처럼 이 이야기는 영화관에서 흔히 만나는 팸플릿에 소개되는 시놉시스같이 속도감 있게 진행된다. 그러면서도 읽어갈수록 셰에라자드의 『아라비안나이트』 같은 호기심을 증폭시킨다.

이 글을 쓴 작가를 나는 만나본 적이 없다. 다만 근친의 전언에 의하면, 그는 현재 고등학교 재학생이고, 초등

학생 시절부터 스토리텔링에 남다른 취미와 특기를 지녔다고 한다. 놀라지 않을 수 없는 것은 이 작품의 초고 역시 그가 유소년 시절에 쓴 것이라는 점이다.

　최근 텔레비전 심야극장에서 〈모차르트〉를 다시 볼 기회가 있었다. 영화 중에 '신은 왜 제게 재능을 허락하지 않고 열정만 주셨습니까?'라는 하소연이 들린다. 기실 열정보다는 질투심에 불탔던 살리에리의 그 유명한 대사이다. 사람들은 흔히 열정보다 재능을 원하는 모양이다.

　① 고등학생이 쓴 1인칭 청소년 소설.
　② 홈즈탐정소의 흑인 형사 레이와 리처드의 대결.
　③ 묵직한 주제, 흑백 문제를 경쾌하고 속도감 있게
　　　다룬 작품!

어떤 찬사를 달아도 미진한, 놀라운 작업을 해낸 재능의 소유자, 건강한 청소년 작가를 한 사람 여기 소개한다.

강정규(소설가, 『시와 동화』 발행인)

"레이야, 이리 와 보거라."

아버지의 목소리가 들렸다.

"네, 아버지! 이 잡초들만 뽑아내고요!"

오늘따라 잡초들이 유난히 많아 보였다.

"레이야."

"네, 아버지! 왜 그러세요?"

"뉴욕으로 가거라!"

내 가슴이 철렁했다.

"네?"

"우리 가족이 모두 농장 일만 할 순 없지 않으냐. 게다가 농장 일도 수입이 떨어지고 있어! 이대로 가다가는 우리 집도 안전할 순 없어."

난 아버지가 무슨 말을 하시는지 금세 알아차릴 수 있었다.

뉴욕에 가서 다른 돈벌이를 하란 얘기다.

아버지는 여느 때도 여러 번 이런 말을 했다.

"하지만 전 아직 준비가 덜 됐어요. 비행기 탈 돈도 없고요."

"항공료라면 적당하게 대줄 수 있단다! 얘야, 우리 가족이 달린 문제다. 준비하겠니?"

하와이의 이 작은 마을에서 우리는 둘째가라면 서러워할 정도로 행복한 가족이다.

하지만 너무나 가난하다.

센 바람만 불어도 폭삭 주저앉을 것 같은 낡은 집에 아버지, 어머니, 나, 그리고 나보다 열 살 아래인 레오, 막내 레미, 이렇게 다섯 식구가 오글오글 모여 산다.

아버지와 나는 날마다 남의 농장에서 채소와 가축을 키우고, 어머니는 농장에 딸린 식당에서 일을 한다.

레오와 레미는 집안일을 도와준답시고 가끔 땔감을 주워온다.

이렇게 우리 가족은 근근이 살아간다.

그러니 가족과 나 자신을 위해 큰 도시로 나가야 한다는 아버지의 말씀도 틀린 것은 아니다.

"적당한 일자리를 찾아보아라. 여행에 필요한 물품도

잘 챙기고…."

그날 밤, 나는 머릿속이 복잡해 잠을 잘 이룰 수 없었다.

다음 날부터 며칠 동안 인터넷으로 뉴욕의 일자리를 탐색했다.

그렇게 난 아버지에게 등이 떠밀리다시피 해서 뉴욕이란 신천지로 날아갔다.

전화로 예약한 사글셋방 집을 찾아가 단칸방에 짐을 풀었고, 이튿날 아르바이트하기로 한 피자 전문점을 찾아갔다.

나는 한 달 정도 오토바이를 타고 다니며 정신없이 피자를 배달했다. 그런데 그 일이 피곤하고 도무지 적성에 맞지 않았다.

그렇게 피자 배달을 다니는 동안 내 눈에 띈 것이

바로 사설 탐정소 간판이었다.

〈홈즈탐정소〉

거기서 신규로 형사를 모집하고 있었다.

'셜록 홈즈만큼 추리를 잘한다고? 유치하군. 그 많은 형사 중에서 홈즈밖에 몰라?'

비웃음이 나도 모르게 입가로 새어 나왔다. 하지만 돈을 벌려고 뉴욕에 왔는데, 간판 때문에 돌아갈 순 없는 노릇이었다.

나는 안으로 들어갔다.

"안녕하세요! 이번에 일자리 찾으러 온 레이 스미스라고 합니다! 잘 부탁드립니다!"

사람들의 시선이 따듯하지 못했다.

나는 채플린 반장님을 따라 그의 방으로 들어갔다.

두어 시간 동안 인터뷰가 진행됐고, 인터뷰하는 동

안 그는 나를 꽤 마음에 들어 했다.

반장님은, 작지만 대추방망이처럼 옹골찬 내 체격을 좋아했다.

그렇게 해서 나는 사설 탐정소의 신참 형사가 됐다.

나는 그다음 날부터 사무실에 출근했다.

동료들에게 인사하고 내 자리에 앉았지만, 나를 향한 불쾌한 눈초리가 등 뒤를 쿡쿡 찔렀다.

뒤를 돌아다봤다. 나를 쳐다보던 사람들이 고개를 획 돌렸다.

'가만, 날 쳐다보는 사람들이 왜 백인들뿐이지? 그럼, 내가 흑인이라서 그런 거야?'

속이 상했다. 너무 울컥해서 주먹으로 컴퓨터를 쳤다.

모두들 깜짝 놀랐다. 나를 잠시 주시하더니, 다시 시

선을 거둬들였다.

피부가 검다는 이유, 흑인이라는 이유만으로 이렇게 차별을 받는다니, 정말 육두문자가 내 머리를 뒤덮었다.

"레이, 이 따뜻한 커피 한잔 마실래?"

나는 불쾌함을 얼굴에 가득 품고는 싫다고 말하려고 했다.

나는 그를 봤다. 순간 나는 놀랐다!

'흑… 흑인? 이런 곳에 흑인이 있을 줄이야!'

"이… 예. 주세요."

나는 그가 건네준 커피를 홀짝홀짝 마셨다.

커피가 뜨거웠다. 하지만 이 가슴의 흥분 정도가 커피 온도에 비할까?

일하는 내내 그의 인자한 모습이 내 머릿속에 생생히 남았다.

그는 같은 흑인이지만 피부가 나보다 훨씬 까맸다. 칠흑 같은 피부여서 얼굴과 머릿결이 잘 구분되지 않을 정도였다.

점심시간, 나는 그와 친해질 겸 말을 걸었다.

"저기…."

"응? 왜 그러세요?"

"밥 같이 안 드실래요?"

"아! 같이 먹어요!"

식단은 비엔나소시지에 스파게티였다.

"저기…."

내가 말했다.

"왜 그러세요?

"당신도 흑인이시네요!"

그의 활달하던 목소리가 '흑인'이란 한마디에 주눅

들어 버렸다.

"네…."

"아, 죄송합니다. 당신은 어떻게 이곳에 오게 되었죠?"

"저는 하와이에서 고기 잡다가 왔어요. 당신은요?"

"저는 하와이에서 농사짓다가 왔어요."

"이야! 저하고 같은 고장 출신이시네요! 게다가 피부색도 같다니."

"이름이 뭔가요?"

"아… 제 이름이요? 제 이름은 리처드 헤즈먼입니다."

나는 그와 밥을 먹었다.

식사하는 동안 그에 대해 많은 것을 알게 되었다.

그는 가족이 3명이라는 것, 집안이 가난해서 뉴욕

으로 왔다는 것, 나와 동갑내기라는 것, 대부분이 나와 비슷했다.

리처드는 덩치가 우람하고 건장했다. 나에 비해.

다음 날, 그다음 날도 그와 식사를 하고 얘기를 나눴다.

그러다 보니 서로 자연스럽게 말을 놓게 되었다.

"이봐! 우리 술이나 한잔하자고!"

리처드가 갑자기 술이 좀 당긴다고 해서 근처 호프집을 찾아갔다.

우리는 신 나게 술을 퍼마시며 놀았다.

"크크. 네 머리 왠지 '아톰' 같다! 넌 왜 머리가 아톰같이 뾰족하게 솟았니?"

내가 놀렸지만 리처드는 가만히 있었다. 그러다가 갑자기 소리를 질렀다.

"크윽… 세상은 참 미쳤어!"

"왜?"

내가 그 말을 가로채며 의아한 시선을 건넸다.

"피부색 좀 다르면 어디 덧나나? 내가 여기 처음 왔을 때였어. 나는 친절한 동료들의 모습을 떠올리며 사무실로 들어갔지! 인사를 하고 내 자리에 앉아 일을 시작했어! 그런데 5분도 되지 않아 내 등 뒤의 기분 나쁜 시선을 느낄 수 있었어! 나는 뒤를 획 돌아봤지. 그런데 모두들 날 쳐다보고 있었던 거야! 내가 고개를 돌리니깐 그 썩을 놈들은 다시 일을 하는 척하지 뭐야? 정말 쌍욕이 다 나오데! 하여간 백인들은 재수 없어!"

"나도 처음 왔을 때 그 썩을 시선을 느꼈어! 하지만 어쩔 수 없어. 우리는 돈을 벌어야 하고, 평화적으로 흑인과 백인의 차별이 사라지도록 만들어야 해! 언젠가 백인들이 우리를 인정하는 시대가 오겠지?"

"아니!"

순간 나는 당황했다.

"왜 그래, 너!"

리처드는 야릇하게 미소 지으며 대꾸했다.

"난 기대 안 해."

"무슨 말이지?"

"인정은커녕 깔보지나 말았으면 좋겠어. 여기서 내 별명이 뭔지 알아? 까마귀야! 나더러 까마귀라고 쑥덕대는 백인들에게서 무슨 희망을 느끼겠어?"

그는 길게 한숨을 내쉬었다.

그의 눈빛이 왠지 힘을 잃고, 눈동자가 이상하게 돌아가는 듯했다.

잠시 후 다시 보니 그의 눈동자가 푸르스름한 빛을

내뿜어 섬뜩했다.

우리는 그렇게 계속 술을 마셨다.

술병은 쌓여 가고, 시간은 흘렀다.

"레이, 나 담배 좀 피우고 올게."

리처드는 그렇게 말하고는 흡연실로 향했다.

흡연실은 음식 재료를 쌓아둔 창고 옆에 옹색하게 마련된 공간이다. 골초들이 거기로 가서 담배를 태우고 돌아오곤 했다. 술을 너무 많이 먹은 탓일까. 나는 눈꺼풀이 감겼다.

나는 산속에 있었다. 갑자기, 저기 숲 너머로 아버지가 나타나셨다.

'레이야! 절대로 리처드하고 가까이하면 안 된다! 알았느냐?'

아버지는 그 말을 마치고선 안갯속으로 서서히 사라

져 갔다.

"흡!"

꿈이었다.

나는 잠시 잤다는 것을 알고 시계를 봤다.

2시간이나 잤다. 어떻게 잠깐 눈 감은 사이에 2시간이란 긴 시간이 흘렀지?

어쨌든 난 리처드를 찾았다.

"리처드!"

리처드는 없었다.

'내가 너무 오래 자서 가버렸나?'

나는 어쩔 수 없이 혼자서 호프집을 나와야 했다.

다음 날.

"형사들 집합하게나!"

채플린 반장님의 목소리가 들렸다.

모두들 반장님의 방으로 들어갔다.

"왜 그러세요?"

반장님이 눈을 부릅떴다.

"살인 사건이야!"

형사들 모두 흠칫 놀라는 눈초리였다.

"장소는 우리 사무실에서 두 블록 떨어진 건물 2층 호프집이야."

"피해자는 백인 밥 조이로, 체격은 107킬로그램 189센티미터야. 밥은 2층 호프집 흡연실에서 담배를 피우다가 가해자에게 명치와 허리, 등 부위를 찔리고 바닥에 쓰러져 있었어."

나는 깜짝 놀랐다.

거기는 바로 어제 리처드와 술을 마셨던 곳이다.

"일단 사고 현장으로 가보지!"

우리는 현장으로 달려갔다.

시체는 참혹했다.

눈을 부릅뜬 채로 허리 한곳을 손으로 부여잡고 널브러져 있었다.

출혈이 아주 심해 바닥에 핏자국이 낭자했다.

형사들 모두 역겹다는 듯이 눈살을 찌푸렸다.

"오셨나요?"

한 과학수사대 대원이 다가와 말했다.

내가 물었다.

"그래, 단서는 찾았어요?"

"찾았습니다. 여기 이 부분을 보시면 허리, 등, 명치를 뾰족한 것에 찔린 흔적이 있습니다."

"그렇다면 범인은 칼을 소지하고 있었던 게로군요."

"그런데 피해자는 깡패 조직 출신으로, 칼을 소지하고 다녔다고 합니다. 여기 이 비닐봉지에 있는 칼의 무늬를 보십시오. 마피아(Mafia)라고 적혀 있습니다."

"그렇다면 깡패란 얘기군요. 특별히 그럴 수도 있겠어요. 밥은 담배를 피우고 있었고, 가해자는 밥의 뒤에 섰겠지요. 그리고 큼직한 칼을 숨겼으니 그 칼을 넣어두었던 주머니에도 흔적이 있겠지요. 가해자는 칼을 빼들고 밥의 뒤에서 가격했을 거예요! 그런데 이 사람은 언제 죽었나요?"

"네, 제가 그럴 줄 알고 주인장의 얘기를 들었습니다."

그때 호프집 주인이 다가왔다.

"네, 제가 주인이에요. 아! 당신은 어제 술을 드신 사람 맞으시죠?"

"네."

내가 대답했다.

"그건 그렇고, 밥은 언제 죽었죠?"

"제가 흡연실에 갔을 때가 새벽 2시쯤이었나…. 그때 저는 흡연실 청소를 하려고 거기에 갔죠. 그런데 거기에 밥이 죽어 있었어요!"

"그렇다면 새벽 2시쯤에 죽었다는 이야기군."

둘이 그렇게 얘기를 하고 있을 때, 나는 피해자의 얼굴을 자세히 보려고 다가갔다. 그는 매우 뚱뚱하고 컸다. 게다가 얼굴까지 흉악했다.

그런데 그의 얼굴 왼쪽 볼이 빨갰다.

"잠시만이요!"

내가 소리쳤다.

"왜 그래?"

모두들 나를 쳐다봤다.

"여기… 피해자의 볼이 빨개요! 아마 누가 뾰족한 흉기로 글씨를 써서 남긴 게 아닐까요?"

"가서 확인해 봐!"

반장님이 과학수사대 대원에게 명령했다.

"관찰했습니다! 내용은 '이 백인 돼지 새끼야…', 그리고 눈물 자국이 있습니다!"

"음… 기분이 나쁘군. 레이와 리처드한텐 미안하지만, 범인은 아무래도 흑인 같네."

반장님이 머리를 굴렸다.

"왜 흑인이죠?"

리처드가 물었다.

"가해자가 만약 피해자를 개인적으로 싫어했거나 원수지간이었다면, 아무래도 백인을 추측할 가능성도 있었을 거야. 그런데 이 흉기로 긁은 내용에는 '백인을 싫어한다.'라는 뜻이 있어. 만약에 '널 싫어한다.'라고 하면 백인도 추측해 보는데, 백인이 싫다고 했으니 이건 흑인이 범인이란 100퍼센트 증거 아니겠어? 게다가 눈물 자국이 있는 것을 보면, 무슨 사연이 있어서 죽인 것일 수도 있어."

"반장님! 이상한 게 있습니다!"

갑자기 과학수사대 대원이 소리쳤다.

"왜 그러나?"

"여기 보십시오. 이 칼이요. 이 칼의 세균 성분

과 피해자의 상처 세균 성분이 확실히 다릅니다. 게다가 이 칼의 손잡이 쪽 지문이 피해자의 지문과 똑같아요."

모두들 당황했다.

"그렇다면 가해자는 피해자의 손에 칼을 쥐이고 찔렀단 건가?"

"아니요!"

내가 한마디 했다.

"피해자 밥 조이는 체격이 우람하고 뚱뚱해요. 대체로 뚱뚱한 사람은 뒤로 팔을 잘 못 돌립니다. 팔도 짧고요."

"그러고 보니 그 말도 맞는 것 같군."

반장님이 내 말을 인정했다.

"그렇다면 가해자는 칼을 개인적으로 챙겼군!"

"아니요, 우리 호프집에서는 개인 흉기를 가질 수

없게 돼 있습니다. 경호원들이 몸수색을 해요."

주인장이 말하였다.

"그럼 피해자는 어떻게 칼을 갖고 들어온 겁니까?"

내가 의문을 던졌다.

"글쎄요. 그게, 경호원들이 몸수색을 소홀히 했나 봐요."

반장님이 마무리를 하였다.

"음… 일단 이 사건은 내일 다시 한 번 따져보도록 하겠습니다. 이봐! 젊은이! 시체 수습하고, 단서 있으면 최대한 찾아. 그리고 유족 위로도 해주고…."

며칠 후 밤, 나는 리처드와 그 호프집에 가서 다시 술을 마셨다.

호프집은 사건 현장의 썰렁하던 분위기가 걷히고 다시 일상의 상태로 돌아가 있었다.

한참 얘기를 나누고 있는데, 한 아저씨가 너무 취한 나머지 맥주병을 휘두르면서 흡연실로 들어갔다.

나는 계속 술을 들이켰다.

그런데 방금 그 아저씨의 행동이 의아하게 내 머릿속을 맴돌았다.

그 순간! 좋은 생각이 떠올라 무릎을 탁 쳤다.

나는 리처드와 작별 인사를 하는 둥 마는 둥 하고는 급히 집으로 가서 수사 계획안을 짰다.

그리고 다음 날이 되었다.

"반장님."

짧게 반장님을 불렀다.

"며칠 전 술집 살인 사건의 수사 계획안입니다."

"그래?"

반장님의 눈이 반짝거렸다.

"그럼 당장 회의를 시작하도록 하지."

반장님은 전 형사들을 집합시키라고 지시했다.

형사들 앞에서 내가 말했다.

"네, 일단 바쁘신데 이렇게 모여 주셔서 감사합니다. 제가 말씀드릴 수사 계획안은 며칠 전 일어난 술집 살인 사건에 관한 것입니다. 저는 어제 리처드와 술을 마시다가 어떤 취객의 이상한 행동을 목격했습니다. 그 취객은 술에 너무 취한 나머지 맥주병을 빙빙 휘두르며 흡연실로 가고 있었어요. 그리고 그를 발견한 주인은 아무 일도 아닌 듯 계속 다른 일을 했습니다. 그 사람의 행동과 주인의 행동을 연관해 생각해 보면, 살인은 칼이 아닌 다른 흉기로 자행됐을 수 있음을 알 수 있습니다. 즉, 가해자는 깨진 맥주병으로 피해자의 허리와 등, 어깨를 찔렀을 가능성이 있습니다. 그리고 피해자의 상처 부위의 세균 성분을 조사했을 때, 알코올 성분이 조금 나왔습니다. 이 증거들은 모두 맥주병 조각으로 찔렀음을 의미합니다. 이제 문제는, 맥주병 조각이 어디에 버려져 있느냐는 것입니다. 반장님, 지금 당장 맥주병 조각이 있는 데로 갈 수 있습니까?"

"당연하지."

다시 술집으로 갔다. 형사들은 두 팀으로 나뉘어 흡연실 내부와 흡연실 창문 너머 바깥쪽을 살펴봤다.

"반장님! 여기 찾았습니다!"

한 형사가 소리쳤다.

맥주병 조각은 길거리에 노출돼 있어 차바퀴에 짓눌려 그만 산산조각이 난 상태였다. 게다가 지문 자국은 없었다.

'지문 자국이 없다면 범인은 장갑이나 헝겊 같은 것

으로 맥주병을 잡고 휘둘렀다는 거군.'

"범인은 아무래도 지능범 같네."

반장님이 담배 한 개비를 뽑아 들면서 말했다.

사건은 그렇게 미궁 속으로 빠져들었다.

그날 밤, 반장님이 말했다.

"이번 사건은 여의치가 않아. 뭔가 수상한 데다 범인은 지능이 꽤 높아. 오늘은 범인을 잡기 위해서 그동안의 조사 과정을 총정리해야겠어. 그럼 지금까지 나온 단서들을 종합해 볼까."

내가 중얼중얼 보고를 했다.

"2010년 5월 15일, 새벽 2시에 뉴욕 홈즈탐정소에서 약간 떨어진 건물의 술집 흡연실에서 피해자 밥 조이가 흉기에 명치, 등, 허리를 찔리고 사망. 밥 조이의 정보는 깡패로, 항상 마피아란 글자가 새겨진 칼을 뒷주머니에 넣고 다님. 밥의 체격은 107킬로그램에 189센티미터로, 뚱뚱한 편. 그리고 밥의 왼쪽 볼에는 뾰족한 자국으로 '이 백인 돼지 새끼야.'라고 적혀 있었고, 눈물 자국이 있었음. 그리고 칼의 세균과 밥의 상처 세균을 비교해 본 결과, 다르다는 것을 확인했고, 칼 말고 다른 뾰족한 흉기를 조사한 결과, 깨진 맥주병으로 찔렀다는 것을 알 수 있었음. 그리고 맥주병 조각을 찾았으나 맥주병은 이미 길거리에 노출돼 있어서 차바퀴에 짓눌려 산산조각이 났음. 병 조각을 검사한 결과, 지문 자국은 없다는 것을 알게 됨."

"그럼 용의자를 알아봐야겠군."

사건의 용의자들은 세 명으로 압축돼 있었다.

첫째 용의자는 스탠리 링컨.

스탠리는 흑인 해방 대통령 링컨의 후손이다. 링컨은

백인의 총격으로 죽었기 때문에 그는 백인을 미워하는 것 같다. 스탠리는 평상시 등산을 자주 해서 암벽 등반이 프로급에 가깝다. 그러므로 밥이 2층 흡연실에 있을 때, 넓은 창문을 넘어 들어와 밥을 죽였을 가능성도 있지만, 정확한 사실은 아직 밝혀지지 않았다.

둘째 용의자는 호간 로젯.

호간은 쿠바 사람이다. 쿠바는 사회주의 국가로서 미국의 경제 제재로 국민들이 고통을 받은 역사가 있다. 호간도 제대로 먹지도, 입지도 못하는 어려움 속에서 어린 시절을 보냈다. 그래서 호간은 조국을 억압한 미국을 은연

중 미워하고 있다. 호간은 술집의 경호원이다. 항상 호신 무기를 지니고 다녔으며, 무술은 태권도 4단으로 싸움을 잘한다.

호간은 밥이 죽을 당시

잠시 흡연실에 갔으며, 태권도로 재빠르게 밥을 제압하고 찌를 수도 있었을 것이다.

그리고 마지막 용의자는….

믿기 어려운 일이지만, 그는 바로 리처드 헤즈먼이다!

리처드는 나와 함께 새벽 2시까지 술을 마셨으며, 내가 잠에서 깨어났을 때, 그는 없었다. 그리고 꿈에서 아버지가 리처드와 가까이하지 말라고 말씀하신 게 왠지 찜찜하다.

이렇게 용의자가 정리되었고, 이제는 범인을 찾는 문제만 남았다.

'용의자의 집을 한번 조사해 봐야겠군.'

먼저 스탠리 링컨의 집으로 한번 가보기로 했다.

그의 집에 도착해 현관 벨을 누르자 잠시 후 스탠리가 나왔다.

"안녕하세요, 저는 홈즈 사무실의 형사 레이 스미스입니다. 술집 살인 사건의 용의자가 스탠리 링컨 씨 당신으로 지목됐습니다. 집을 한번 둘러봐도 될까요?"

그는 잠시 놀라 얼어붙는 듯하더니 흔쾌히 허락했다.

자신은 살인을 안 저질렀음을 나타내기 위해 보여준 걸까, 아니면 '당신은 증거를 절대 못 찾는다'는 뜻의 도발일까.

집으로 들어갔다. 집은 난장판이었다.

그는 하이킹을 취미로 삼아서인지 실내에 역시 밧줄이 있었다.

옷가지와 쓰레기들이 온통 어지럽게 뒤엉켜 있어서 좀체 단서를 찾을 수 없었다.

호간 로젯의 집으로 갔다.

"누구요?"

퉁명스러운 목소리가 들렸다.

"형사입니다. 당신이 술집 사건의 용의자로 지목돼서 집을 조사하러 왔습니다."

"흥! 당신 같은 사람은 집에 들여보낼 가치도 없으니 꺼져!"

호간 로젯은 문을 꽝 닫았다.

더 이상 단서를 찾지 못하고 돌아와야 했다.

이렇게 용의자 수사가 진행되지 않는다면, 다른 증거를 찾을 수밖에.

호프집 주인의 집으로 갔다.

거기서 증거 하나를 찾을 수 있었다.

리처드가 흡연실로 갈 때는 손을 바깥에 내놓고 갔는데, 돌아올 때는 손을 주머니에 찔러 넣은 채였고, 바로 나갔다고 했다.

이로써 리처드가 범인이라는 생각이 키를 넘도록 자라 올랐다.

다음은 리처드의 집!

집에 도착해 초인종을 누르자 리처드의 목소리가 들렸다.

"리처드, 나야."

리처드는 문을 열어주었다.

"리처드, 이런 말 꺼내기 좀 뭣하지만… 술집 살인 사건 용의자로 네가 지목되었어."

리처드는 흠칫 놀랐다.

"이봐! 정말 너무한 것 아니야?"

"어쩔 수 없어. 넌 살인 사건이 일어날 당시 나와 같이 술을 먹었고, 내가 자다가 깨어났을 때, 넌 없었어. 그리고 주인이 네가 흡연실로 가는 것도 봤고, 손을 주머니에 넣고 나가는 것도 봤다고 해. 네가 범인이 아니라면, 증거를 찾아서 보여주면 되잖아?"

"그렇지만 친구인 나를 이렇게 범인으로 몰아넣을 수 있느냐?"

"리처드, 넌 이미 기소됐어. 모레 오후 2시 센트럴 타워에 있는 법정으로 나와. 주소는 110-4875야."

나는 말을 끝내고 자리에서 일어났다.

그리고 나갔다.

"레이! 너 두고 봐! 이제 우린 친구 사이로선 끝이야!"

리처드는 침을 탁 뱉으면서 말했다.

하지만 어쩔 수 없지. 아무리 내 친구라고 해도 사람을 죽이는 건 개만도 못한 짓이니까.

그러고 보니 옛날 일이 떠오른다.

어린 시절 어느 날이었다. 난 동생을 돌보고 있었고, 어머니와 아버지는 들판으로 소들을 몰러 나가셨다. 한낮에 창문 밖 거리에서 어떤 미치광이가 식칼을 들고 날뛰었다. 그때 옆집에 월세로 들어온 중국인 무사가 그 미치광이를 제압하는 모습이 보였다.

그날 난 생각했다.

'사람은 왜 사람을 죽일까?'

그 의문은 성년이 된 지금도 풀리지 않는다.

선조들이 땀 흘려가며 온갖 고생을 하고, 자기 목숨도 바쳐 나라를 지켰는데, 이제 이 나라를 이끌어 갈 사람들은 바로 우리인데…. 이끌어 가지는 못할망정 칼 들고 다니며 폼 재다가 자기 기분 좀 나쁘면 삥 뜯고, 치고받기 일쑤이니…. 싸움이 난 판에 다른 사람들은 말리지는 못할망정 구경만 하고 있거나 그냥 지나쳐 가고, 별 미친 짓을 다 한다.

세상이 이만큼 살기 좋아진 것은 많은 이들의 도움과 희생과 의지가 있었기 때문이다.

그런데 그토록 공들여 키워온 희망을, 그렇게 망쳐버려도 되느냐 말이다.

그런데 그 짓을 반성해야 할 시간에 피부색이나 보

고 차별을 하다니! 정말 유치하기 짝이 없다. 그래서 난 이 쓰레기 같은 세상을 이렇게 부른다.

'망할 놈의 세상.'

이런저런 생각을 머릿속에 굴리다 보니 벌써 집까지 와 있었다.

나는 샤워를 하고 나와 소파에 몸을 부렸다.

그때,

'삐리리! 삐리리!'

스마트폰 벨 소리가 울렸다.

나는 스마트폰을 집어 들었다.

"여보세요."

"레이 스미스 형사! 나일세, 채플린 반장!"

반장님의 다급한 목소리가 들렸다.

"무슨 일이세요?"

순간, 가슴이 철렁 내려앉았다!

그때 나는 생각했다.

'또 사건이 터졌군. 어떤 놈인지 잡히기만 해봐라!'

"살인 사건이야! 이번엔 우리 사무실 바로 앞 호수 건너, 슈퍼마켓에서 벌어진 사건이네! 출동하게! 당장!"

철컥!

전화 끊기는 소리가 났다.

나는 허탈하게 앉아 있었다.

서둘러 옷을 챙겨 입고 급히 밖으로 나왔다.

슈퍼마켓에 나타나는 데 채 20분이 걸리지 않았다.

"반장님!"

"어서 오게나, 레이!"

"정확한 장소는 어디죠?"

"여기, 이 슈퍼마켓 안이야. 피해자는 주인장 슐리

오브, 나이 76세, 좀 짜증 나는 백인 할아버지야. 할아버지는 걸핏하면 흑인에게 욕설을 해대고 심할 땐 물건까지 던져. 목격자가 밤 10시에 피해자를 발견했고, 카운터 앞에 엎어져 있었다고 해. 죽은 걸로 볼 때 흉기에 찔린 듯해."

나는 시체를 유심히 살펴봤다.

가만, 그런데 시체 위 벽에 뭔가 빨간 글귀가 씌어 있다.

"미스터 빅(Mr. Big)? 반장님! 여기 뭔가 적혀 있어요!"

"어디?"

반장님은 유심히 들여다보고 곰곰이 생각했다.

"흠… 미스터 빅이란 아마 할아버지가 쓴 것 같아. 그는 범인이 도망친 후에 자기 죽음을 알리려고 피로 글자를 쓴 것 같네. 범인의 이름을 모르니 아마도 체격을 적은 것 같아. 빅이라면 '크다'는 뜻인데…. 눈이 큰 걸까, 몸이 큰 것일까?"

그런데 그 옆에 또 다른 빨간 글자가 적혀 있었다.

'그의 몸은 크다. 그리고 비…(He's big and b…).'

"이건 또 무슨 뜻일까."

반장님이 중얼거렸다.

"'그의 몸은 크다. 그리고…'라니. 그리고 마지막엔 비(b)가 있는데 이 알파벳은 미처 다 못 쓴 글자일 거야. 아마도 피부색을 말하는 것 아닐까? 레이, 자네 호프집 살인 사건 용의자들 기록부 지금 갖고 있지 않나?"

반장님이 물어 왔다.

"스탠리 링컨, 호간 로젯, 그리고 리처드 헤즈먼이 용의자들입니다."

"리처드? 한데 리처드는 왜 들어가나?"

"그게…"

지금까지 일어난 모든 일을 말해주었다.

꿈에서 아버지가 리처드와 가까이하지 말라고 한

것, 리처드가 흡연실에 갈 때 손을 주머니에서 빼고 갔는데 나올 때는 주머니에 넣고 간 것 등을 다 말했다.

"그래? 그렇다면 자, 용의자의 체격은 어떤가?"

"네! 먼저 스탠리 링컨. 스탠리는 등산을 자주 해서 근육질 몸매에 키는 작습니다. 그리고 흑인이죠. 그리고 호간 로젯. 호간은 빼빼 마르고 키가 큰데 태권도를 잘합니다. 마지막으로 리처드는…."

"리처드는 덩치가 꽤 크고, 피부가 검지. 그리고 체격이 뚱뚱한 편이야."

"그렇다면 벽의 내용은 '그의 몸은 크다. 그리고 피부는 검은색이다(He's big and black)', 이렇게 되는군요. 희다(white)나 노랗다(yellow)로 쓰려 했다면 마지막 알파벳이 비(b)가 아니라 더블유(w)나 와이(y)로 적혔을 테니까요."

"그렇다면 이번 사건은 리처드가 가장 유력한 용의자란 얘기가 되네! 사설탐정이라고 해서 범인이 아니라고 단정할 순 없지! 반장인 나 스스로 망신스런 일이지만, 난 리처드를 범인으로 지목하겠어! 이봐 레이! 법원에서 공판은 언제 열려?"

"모레 센트럴 타워에 있는 법정에서 2시에요, 주소는 110-4875에요."

"알았어. 난 그때까지 증거를 더 수집하지!"

다음다음 날, 센트럴 타워의 지방법원.

"호프집 살인 사건 제1차 공판을 시작하겠습니다."

나무망치를 두드리는 소리와 함께 재판이 진행되었다. 재판장이 말했다.

"먼저 홈즈탐정소와 연계해 피의자를 기소한 검사님에게 발언권을 드리겠습니다. 리처드 헤즈먼 씨 측에게 질문할 것은 없습니까?"

검사가 날카로운 어조로 말문을 열었다.

"네, 일주일 전, 한 술집에서 피해자 밥 조이 씨가 흉기로 명치, 등, 그리고 허리를 찔려 사망했습니다. 그 얼마 전에 레이 스미스 씨는 리처드 헤즈먼 씨와 함께 맥주를 마시고 있었습니다. 그런데 레이 스미스 씨가 졸고 있던 시간에 리처드 헤즈먼 씨는 사라졌죠. 그때 리처드 헤즈먼 씨는 어디에 계셨습니까?"

"흡연실에 있었습니다."

"거기서 담배 피운 다음에는 어디로 갔죠?"

"집으로 갔습니다."

"그런데 왜 레이 스미스 씨를 안 깨우고 혼자 가셨죠?"

"그건 레이가 하도 안 깨어나기에 그만 혼자 갔습니

다."

리처드는 소리 지르듯이 말했다.

나는 속으로 되뇌었다.

'이놈이 신경질을 부리고 있구나. 용의자 심문 비결 첫 번째, 기 싸움에서 이겨라! 한마디로, 말발로 제압하라는 거지.'

검사가 말을 이어 나갔다.

"그렇군요. 그렇다면 다시 질문합니다. 레이 스미스 씨가 그 술집 주인장에게 가서 단서를 찾은 결과, 리처드 헤즈먼 씨는 흡연실에 갈 때 주머니에서 손을 빼고 있었는데, 거기서 나올 때는 손을 넣고 있었다고 합니다. 리처드 헤즈먼 씨는 흉기로 밥을 찌르고 났을 때 손에 피가 묻어 있었습니다. 하지만 그곳은 세면대가 없는 흡연실이어서 손의 핏자국을 감추기 위해 주머니에 손을 넣은 것 아닌가요?"

"그건 내 맘이잖소! 레이, 이 새끼."

흥분한 리처드의 입이 계속 씰룩거렸다.

"리처드 헤즈먼 씨! 말씀 삼가기 바랍니다."

재판장이 팽팽한 분위기를 가라앉혔다.

'내가 이겼다. 기 싸움에서 이겼어. 옛날 말에 이런 말이 있지. 울 거나 화내는 놈이 진 놈이다. 옛날 말이 맞는군.'

"네, 그럼 리처드 헤즈먼 씨 측 변호사, 발언권을 드립니다. 리처드 헤즈먼 씨가 범인이 아니라는 증거가 있습니까?"

"네, 있습니다. 리처드 헤즈먼 씨는 술집 사건이 일어날 당시, 레이 스미스 씨와 같이 술을 마시고 흡연실에 갔습니

다. 그런데 거기엔 아무도 없었다고 합니다. 그리고 흡연실 갈 때는 손을 빼고 갔지만, 흡연실에서 나올 때는 주머니에 손을 넣은 것이 뭐가 잘못입니까?"

"네, 검사님에게 발언권을 드립니다. 리처드 헤즈먼 씨가 범인이라는 증거가 있습니까?"

"있습니다. 사실 어제 한 슈퍼마켓에서 살인 사건이 일어났습니다. 그 슈퍼마켓 주인장이 살해당했는데, 그 뒷벽에 피로 글씨가 쓰여 있었습니다. 글씨 내용은 '그의 몸은 크다. 그리고 비(b)…'라고 돼 있습니다. 이 글귀는 '그의 몸은 크다. 그리고 피부는 검은색이다.' 라는 뜻입니다. 이걸 용의자와 연관시켜 보면…"

"이의 있습니다!"

리처드가 말했다.

"네, 말하세요."

"저희는 지금 술집 사건을 가지고 다투는데 왜 슈퍼마켓 살인 사건에 우리를 연관시킵니까? 그 사건 범인은 다른 사람이잖아요!"

'아차!'

"검사님, 더 할 말은 없나요?"

"없습니다."

그렇게 공판은 어이없게, 아니 허탈하게 끝났다.

내가 왜 그 생각을 못 했을까?

기 싸움에서는 내가 이겼지만, 전술은 내가 약했어. 생각해 보면 슈퍼마켓 사건은 술집 살인 사건하고 연관이 없지…. 우리가 왜 그런저런 판단을 정확히 하지 못했을까? 슈퍼마켓 사건은 다른 사람이 저지른 것일 수도 있잖은가?

"젠장…. 증거를 더 확보해야겠어요, 반장님."

"그러게. 너무 어이없게 졌어. 리처드 그놈이 똑똑한 건지, 검사와 우리가 준비 부족이었던 건지!"

그때 섬광처럼 뇌리를 스쳐 가는 것이 있었다.

'음… 아! 그거야!'

"반장님!"

"왜?"

"그 슈퍼마켓에 시시티브이(CCTV) 있잖아요!"

"그래! 내가 왜 그 생각을 못 했지?"

우린 그렇게 시시티브이를 봤다.

카메라 작동 시간을 빠르게 하고, 주인이 죽은 밤 10시로 시간을 되돌렸다.

주인은 덩치 큰 흑인 손님에게 눈인사를 하고, 무엇을 살 거냐고 물었다.

그런데 그 손님을 보니, 입고 있는 것이 여름옷이었다!

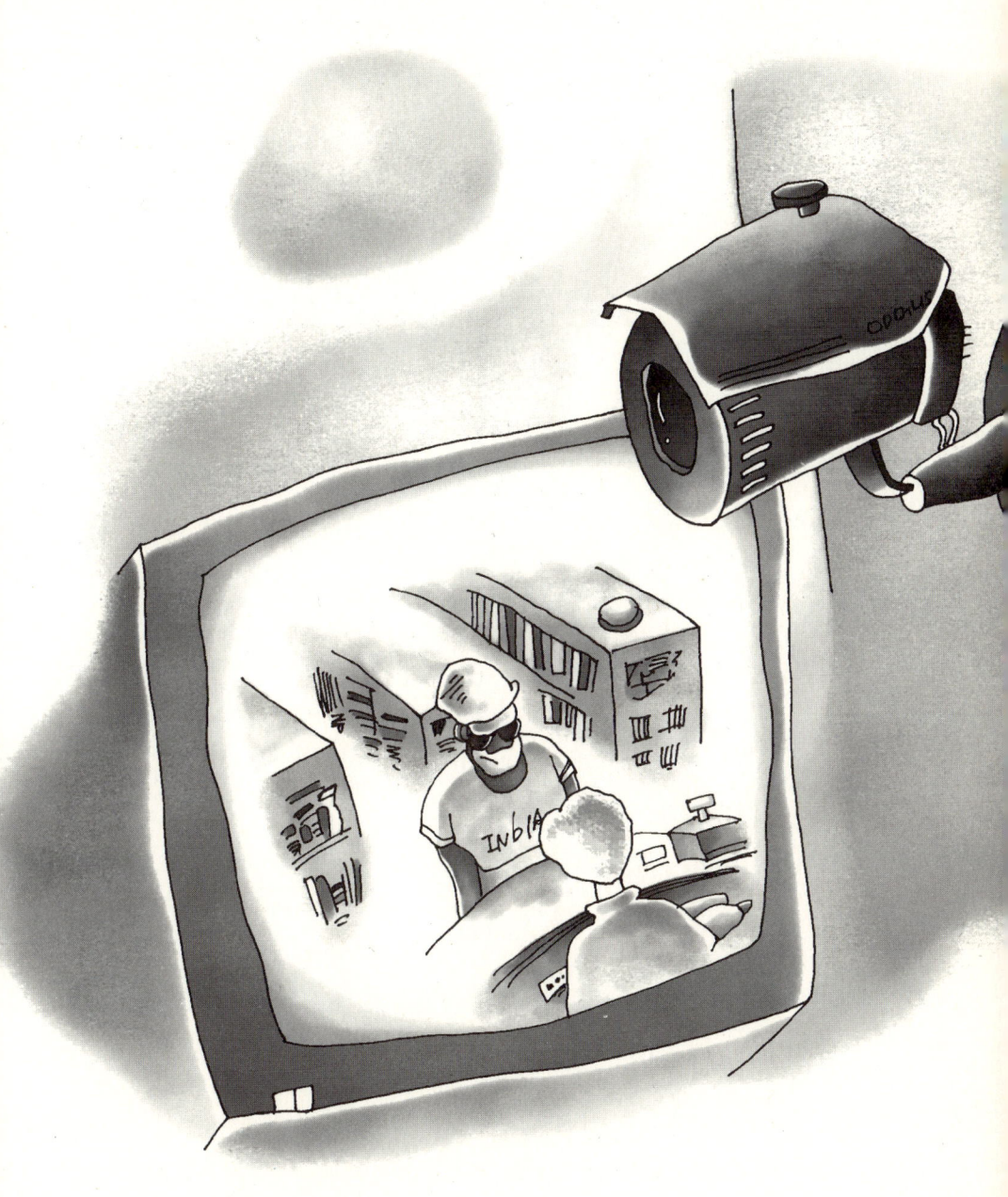

'지금은 초겨울인데 왜 여름옷을 입었지?'

뭔가 매우 이상했다.

머리를 푹 눌러쓴 캡 모자에 얼굴을 거의 다 가린 선글라스와 마스크, 반팔 티, 반바지, 그리고 슬리퍼!

모든 게 여름철 차림새였다.

정상적인 사람이라면 그런 날씨에 그런 복장으로 나다닐 리 만무했다.

잠시 후, 손님은 갑자기 주인과 대거리를 하기 시작했다.

주인도 손님에게 심하게 삿대질하며 말했다.

상소리도 퍼붓는 것 같았다.

주인은 그러더니 카운터 위의 두루마리 화장지를 들어 상대에게 냅다 던졌다.

그 순간, 손님은 폭력배로 돌변해 주머니 속의 칼을

꺼내 들고 주인을 마구 찔렀다.

주인은 썩은 짚단 허물어지듯 쓰러졌다.

강도는 옆에 있던 생수를 꺼내 손을 씻고 밖으로 도망쳤다.

순식간에 일어난 사건이었다.

'뭔가 이상해. 범인은 뭔가 지능적으로 날 놀리는 것 같아.'

"이상한데? 이 사건은 마치 셜록 홈즈의 추리극처럼 돼 가는 것 같아. 생각해 보니까 우리 사무실에서 두 블록 떨어진 곳에서는 술집 살인 사건, 호수 건너편 건물에선 슈퍼마켓 살인 사건이잖아. 모두 우리 사무실에서 멀지 않은 곳에서 일어난 거야."

'잠시만, 셜록 홈즈 추리극과 연관시키면…'

"반장님! 우리 구역 지도 어디 없나요?"

"아! 여기 있지! 범인을 잡을 때 필수품이라네."

'우리 사무실에서 출발해 술집을 지나서 슈퍼마켓을 거쳐 다시 사무실로 선을 그으면, 이것은? 오른쪽으로 기울어진 삼각형! 그리고 그 중간 지점에 있는 바이올렛 호수공원… 아, 그러고 보니 이것은 호수공원을 중심으로 한 버뮤다 삼각지대 모형!'

"반장님! 절 따라오세요! 빨리요!"

"아니… 왜?"

"빨리요! 빨리!"

재빠르게 버뮤다 삼각지대 모형의 호숫가로 갔다.

호수는 물결이 잔잔하고 아름다웠다.

수면 위로 금가루처럼 흩어져 내리는 햇살에 눈이 부셨다.

그런데 이 호수가 버뮤다 삼각지대의 바다처럼 무슨

비밀을 간직하고 있는 것 같았다.

겉은 예뻐도 속에는 악령들이 사는 게 아닐까.

그렇지 않고서야 이 근처에서 비극적인 살인 사건들이 잇따라 발생할 리 없지.

"무슨 단서라도 떠올랐나?"

반장님이 물었다.

"호수가 괜히 기분 나빠요."

"흐음, 그래?"

채플린 반장님은 담배를 한 개비 꺼내 물고는 말했다.

"그렇잖아도 이 호수는 좀 이상해."

"……?"

"보트 타고 저 가운데로 들어가면 휴대전화도 안 터져. 배터리도 금방 나가고. 과학자들은 호수 바닥에서 자기장이 심하게 뻗쳐 올라와 전파를 방해하기 때문이

라고도 하는데… 난 왠지 께름칙하기만 해!"

'반장님도 나와 비슷한 느낌을 갖고 있었구나! 그렇다면 이 두려운 느낌의 정체는?'

이런저런 생각을 굴리며 호숫가를 걷고 있는데, 우리 앞에 커다란 사이프러스나무가 나타났다.

갑자기 어디선가 까마귀 한 마리가 날아와 불길한 울음소리를 흩어 놓으며 나뭇가지에서 날개를 접었다.

녀석의 괴기스러운 형상이 리처드의 모습과 겹쳐지며 등골에서 소름이 돋았다.

호수 끝에서 벤치가 나타났다.

"이 벤치, 참 묘하네."

반장님이 중얼거리듯 말했다.

"리처드가 점심때 곧잘 여기 앉아서 도시락을 먹었어."

"정말이에요?"

"레이 형사 입사하기 전에는 여기 혼자 우두커니 앉아 있는 때가 많았지. 이제 생각해 보니 우울증도 있었던 것 같네."

그런데 이건 또 웬일인가. 사건의 실마리를 찾아 나선 우리에게 마치 여봐란듯이 나타난 단서가 거기에 있었다!

벤치 등받이에 무슨 글귀가 씌어 있었던 것이다.

'크크, 이 멍청한 놈들아! 그래, 술집 살인 사건도, 슈퍼마켓 살인 사건도 다 내가 저질렀어. 내가 누군지 궁금하지? 곰곰이 생각해 봐. 아마 탐정 소설처럼 재밌을 거야.'

'그래. 맞다, 맞아! 자주 흥분하고, 피해 의식 큰 놈! 오락가락하고, 정서가 불안정하고, 과대망상적이기도

한 녀석.'

"반장님! 범인은 리처드가 틀림없어요!"
"그래?"

"이건 리처드가 '날 잡아봐라!' 하며 약 올리는 내용이 분명해요. 지능적이고, 잘 흥분하고, 생활 어수선한 리처드가 아니고는 이런 짓 할 사람이 없어요. 그러니까 범인은 리처드예요! 이제는 리처드가 어디로 도망갔느냐가 문제예요!"

"리처드는 어디 갈 데도 없잖아?"

"리처드는 남이 절대 못 찾을 곳으로 숨는다고 생각하고 도망쳤을 거예요. 꼼짝 않고 앉아서 당할 순 없었을 테죠! 도망칠 곳은 먼 곳이에요!"

"먼 곳이라면?"

"캐나다 남쪽에 있는 미국의 시애틀? 덴버? 링컨? 캔자스시티? 시카고? 미니애폴리스? 밀워키? 세인트폴? 헬레나? 피닉스? 새너제이?"

"글쎄, 어딜까."

반장님이 의아한 시선을 건넸다.

나는 무르팍을 탁, 치며 말했다.

"간단해요! 미국의 섬, 하와이로 갔을 가능성이 있어요."

"하와이는 리처드 고향이잖아?"

"그래요. 제 고향이기도 하죠. 리처드는 수사관들이 자기가 고향으로 숨어들었을 거라고는 상상도 하지 않을 거라 판단했을 거예요. 머리를 있는 대로 다 굴린 결과지요."

"그럴듯한 추리군. 그렇잖아도 범인들은 대체로 인적이 드문 외딴섬이나 다른 나라로 가서 몇 년 정도 살다가 미제 사건이 되면 되돌아오곤 하지! 리처드는 자기가 해외로 도망칠 것으로 알고, 공항에 경찰을 배치하고, 비자 검사를 철저히 할 것을 안 거야! 리처드가 이런 단서를 남긴 것을 보면, 분명히 지능범일 가능성이 크지. 공항에선 다른 나라로 갈 때는 비자 검사를 하지만, 자기 나라 섬으로 갈 때는 비자를 안 받아! 그래서 리처드는 분명히 우리나라 미국의 섬, 하와이로 갔을 거야!"

'어디서 경험한 건 많아 가지고…'

"그런데 지금은 좀 늦은 시간이야. 오늘 하룻밤 푹 자고 내일 해결하자고."

이제 사건은 해결의 고비를 넘어가고 있었다.

그렇게 하룻밤 잠을 자고, 우리는 이튿날 즉시 하와이로 날아갔다.

리처드 고향 집의 초인종을 누르자, 그가 얼굴을 내밀었다.

순간, 그는 문을 쾅 닫아 잠갔다.

"리처드! 네 이놈! 수사에 협조하지 않으면 징역 5년 추가다! 살인 사건을 두 번이나 저질렀으니, 한 30년은 될 거다!"

"손들어!"

가슴이 철렁했다!

리처드는 순식간에 뒤에서 권총 두 자루로 우리를 겨누고 있었다.

아차!

그렇다. 하와이 경찰을 안 부른 것이다!

"리처드."

"왜."

"무기 소지죄로 징역 1년 추가, 총 31년이다."

"닥쳐, 이 새끼야! 당장 안으로 들어가. 안 그러면 쏴버리겠다."

우리는 손을 들고, 부들부들 떨며 안으로 들어갔다.

이런 멍청한 놈 같으니라고!

난 참 멍청이다. 덜렁댄다. 허술하다. 촌놈이다.

무슨 일이든 침착하게 대처해야 하는데, 주도면밀하게 해야 하는데…. 그게 형사의 본분인데.

나의 덜렁대고, 허술하고, 바보 같은 성격 때문에, 그렇게 난 그 모양, 그 꼴이 됐다.

"백인들은 모두 적이야!"

리처드가 방아쇠를 당기려는 자세로 소리를 질렀다.

그러는 그의 눈이 희부옇게 번뜩였다.

그러다가 미친 사람의 눈빛처럼 초점이 흐려졌다.

아니, 그는 어느덧 광인으로 바뀌어 있었다.

식은땀 한 줄기가 등판으로 뱀처럼 서늘하게 지나갔다.

"우리 아버지, 어머니가 어떻게 돌아가셨는지 알아?"

리처드가 다시 소리쳤다.

"백인 마피아 총탄에 쓰러지셨어! 마피아 놈이 피 흘리는 어머니, 아버지를 짓밟고 걷어찼어. 까만 놈은 짐승이라며…. 그뿐이 아냐! 할아버지도 남북전쟁 나기 전에 노예 생활을 하다가 백인 농장주 채찍에 심하게 얻어맞아 돌아가셨다고!"

아!

내 입에서 탄식이 흘러나왔다.

리처드에게 그런 비극의 가족사가 있었다니.

"바닷가에서 고아로 자라나며 생각 많이 했어. 난 나중에 절대로 나쁜 짓 하지 않겠다고. 아니, 형사가 돼서 정의로운 일을 해야겠다고. 그런데 날마다 백인들이 날 가만 놔두지 않는 거야. 나보고 까마귀라니!"

미친 리처드의 눈빛은 푸르스름하기까지 했다.

그러고 보니 뉴욕에서의 그의 눈빛도 가끔 그랬던 것 같다.

특히 술 마시며 백인들에게 분노의 기색을 드러낼 때 그의 눈빛이 이상했다.

그렇다면 이미 그는 일상적으로 약간 미쳐 있었던 것일까?

"부모님은 까만 짐승이고, 난 까마귀야?"

그는 복수심을 억누르지 못하는 기색이었다.

그때 그의 총구가 불빛을 내뿜었다.

탕! 탕!

난 벼락을 맞은 듯한 고통을 느끼며 정신을 잃었다.

'윽! 여기가 어디지?'

잠깐 눈을 떴다.

내 앞에 리처드가 서 있었다.

그리고 바닥엔 나와 함께 반장님이 썩은 고목처럼 무너져 있었다.

리처드는 나를 짓밟으면서 음흉하게 웃었다.

나는 반응이 없다.

그렇다. 그렇게 나는 죽었다.

사랑하는 동생들과 아버지, 어머니를 뒤로하고.

그리고 나는 불행한 영혼이 되어 허공을 헤엄쳤다.

내 영혼은 헬륨 가스 풍선처럼 창공으로 두둥실 떠올라간다.

아무리 땅바닥으로 내려가려 해도 내려가지지 않고 둥실둥실 표류하기만 한다.

이 세상에서 가장 안타깝고 고통스러운 것, 그것은 바로 죽음이다.

죽는 것은 순간이다. 하지만 살아나 가족 품으로 돌

아간다는 것은 불가능하다.

지금까지 살아오는 동안 가졌던 모든 희망과 열정도 죽음 앞에선 한순간에 무너진다.

뼈 빠지게 일해서 번 돈도 죽음 앞에선 한순간에 날아간다.

살아 있는 사람들은 죽은 뒤의 느낌을 알지 못한다.

편안하고 참으로 이상하다는 것을 모른다.

그렇게 난 허무하게, 바람의 할큄에 꺼진 촛불처럼 스러졌다.

까마귀 형사가, 아니 살인범이 쏜 총탄에.

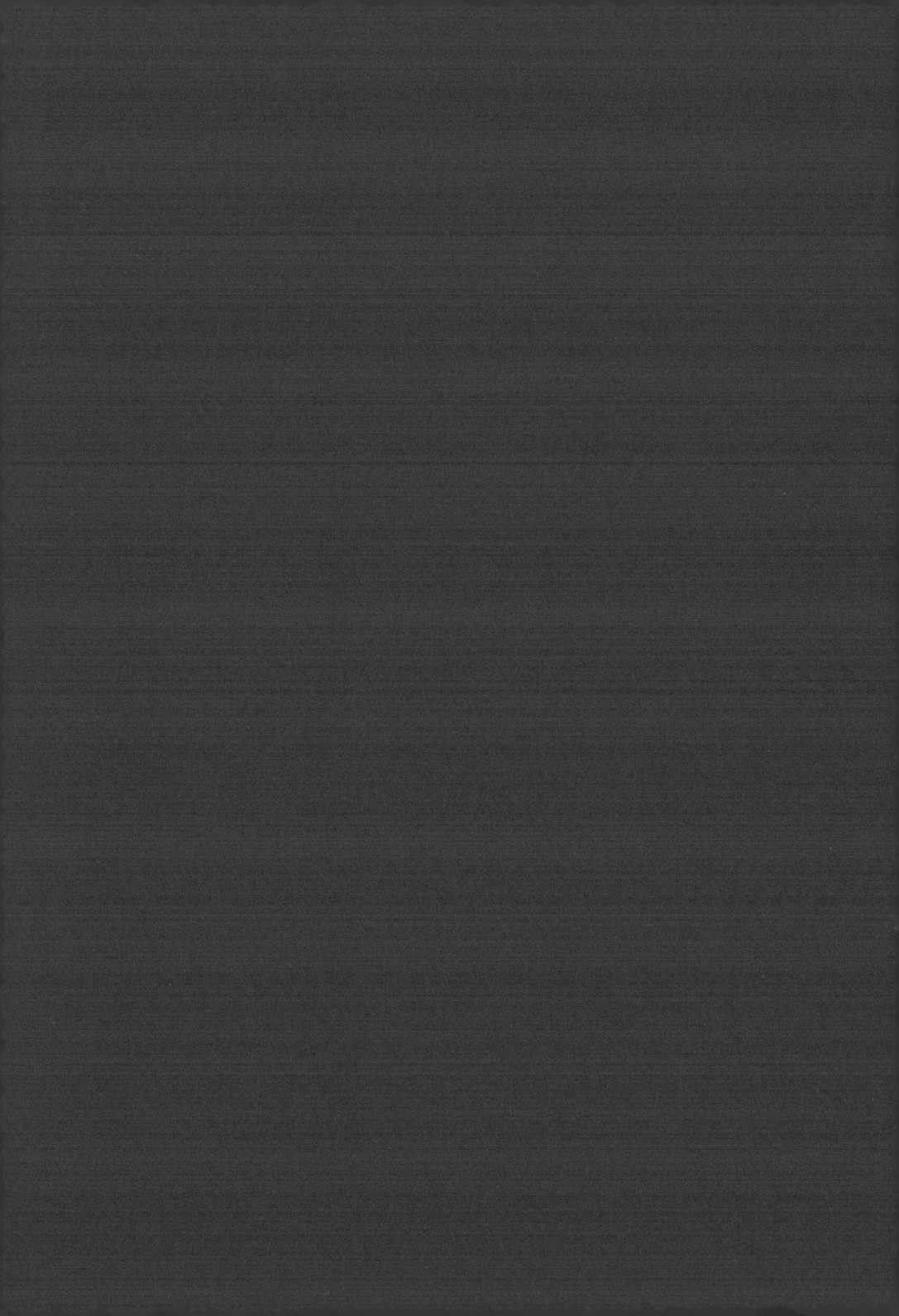